IL PRIMO LIBRO DE MADREGALI
A QUATTRO VOCI

RECENT RESEARCHES IN THE MUSIC OF THE RENAISSANCE · VOLUME XXVI

Stefano Rossetti

IL PRIMO LIBRO
DE MADREGALI
A QUATTRO VOCI

Edited by Allen B. Skei

A-R EDITIONS, INC. · MADISON

ISSN 0486-123X *(Recent Researches in the Music of the Renaissance)*

ISBN 0-89579-088-2

Library of Congress Cataloging in Publication Data:

Rossetti, Stefano, fl. 1559-1580.
    [Madrigals, 4 voices]
    Il primo libro de madregali.

    (Recent researches in the music of the Renaissance ;
v. 26 ISSN 0486-123X)
    Principally Italian words, in part by Petrarch; words
also printed as text, with English translation.
    Includes bibliographical references.
    1. Madrigals (Music), Italian. 2. Petrarca,
Francesco, 1304-1374—Musical settings. I. Series:
Recent researches in the music of the Renaissance ; v. 26.
M2.R2384   vol. 26   [M1584]   [M1619.5.P48]   77-11123
ISBN 0-89579-088-2

Contents

Preface

Stefano Rossetti made his first appearance as a composer in 1560, with two collections of madrigals.[1] One collection, possibly the earlier of the two, was dedicated to Marguerite de Valois, the duchess of Savoy and bride of Emanuel Philibert. It is preserved only in manuscript,[2] apparently never having been printed.[3] The other collection bears the title *Di Stephano Rossetti da Nizza Il Primo Libro de Madregali a quattro voci Insieme alquanti Madregali ariosi & con alcuni Versi di Vergilio Noavemente da lui composti & per Antonio Gardano stampati & dati in luce* ("Of Stefano Rossetti of Nice, the First Book of Madrigals for four voices, together with several *madrigali ariosi* and some verses by Vergil, newly composed by him, and by Antonio Gardano printed and brought into light"). Rossetti notes in the preface that he had composed the madrigals *"in quel poco tempo"* and that he was living in Schio, a small town northwest of Verona. He dedicates the publication *"Al Magnifico Signor Gioseppe Giustiniano Gentilhuomo Sciotto,"* whose favor he had apparently gained during that time.[4] Rossetti may have had association with another member of the family as well; he dedicates *Dunque debb'io lontan—Deh, lascia hormai* (Nos. 12 and 13) to Signor Luca Giustiniano.

The collection contains altogether thirty-six madrigals: eight single settings of Italian verse, thirteen in two *partes,* and one setting in two *partes* of lines from Vergil's *Buccolica.* The texts of twenty-three madrigals (five single and nine in two *partes*) are taken from Petrarch; the sources of the remaining texts have not been identified. Rossetti maintained throughout his career the degree of preference he shows here for the poetry of Petrarch. He made only one other setting of Vergil, however; his first book of five-voice madrigals (1560), of which only the *basso* partbook survives, closes with a setting of the well-known lines from the *Aeneid* beginning *Dulces exuviae, dum fata deusque sinebant.*[5]

Rossetti's preference for Petrarch's verse was no doubt influenced by the preference shown earlier by Cipriano de Rore and Willaert, among others. Most of Petrarch's verse found in the present collection had, in fact, been set previously by other composers. The remaining texts, like those chosen from Petrarch, are mostly in sonnet form. Other strict forms, the *canzone* and *ottava rima,* are represented in four poems, the freer *madrigale* in only one.[6]

Rossetti arranges the madrigals within the collection largely according to clef combination and signature. Madrigals written in the *chiavi naturali* open and close the book. They are separated by a group written in the higher *chiavette.* Within the first group, madrigals in untransposed modes precede those in modes transposed by the addition of a flat to the signature. The order is reversed in the second group; the last group contains only madrigals in transposed modes. Within each group Rossetti brings together madrigals written in the same mode. Mixolydian and transposed Dorian predominate. No particular order seems to have been observed regarding the texts except that Rossetti places his settings of religious texts at the beginning of the book and his settings of Latin texts at the end.

Rossetti designates several madrigals in the collection as *madrigali ariosi* (Nos. 15, 20-21, 22, 25-26, 29). As Einstein points out, the term had earlier been applied by Antonio Barre to madrigals on folksongs.[7] Rossetti applies the term to madrigals that generally move homophonically, madrigals that thus may have been influenced by folksong style. However useful the term may have been, Rossetti employs it in no other publication.

Throughout the collection (and in his *oeuvre* generally), Rossetti demonstrates remarkable harmonic sensitivity. This sensitivity is nowhere more apparent than in his famous setting of Petrarch's sonnet *Mentre che 'l cor* (Nos. 23, *prima parte,* and 24, *seconda parte*). Responding to the text *e pianger di dolcezza* ("and weep from tenderness"), he moves at the end of the *seconda parte* logically and smoothly from F major to G-flat major. The application of *musica ficta* here, which brings about the change, has been debated, but Lowinsky's reasoning, which had guided the present editor, is persuasive.[8]

No other passage in Rossetti's music rivals the one just cited in harmonic boldness; in expressing texts, Rossetti normally prefers far less striking means.[9] The principle underlying the passage is, however, quite simple. The chords, each with dominant function, just move downward by root progression of a fifth until a tonic is reached. Shorter series are often heard elsewhere in the collection. A passage in *Vago augelletto* (No. 6, mm. 39-40) is typical. The chords move from E minor to B major, E major, and A minor. In context, the effect is quite telling and altogether appropriate to Petrarch's expression of distress (*a partir seco i dolorosi guai).*

Rossetti introduces chromaticism only a handful of times within the collection. The most extended chromatic passage is heard in *Hor che 'l ciel e la terra* (No. 20, m. 28), where the alto moves by half-step from d to g. In its tonal flux, the progression offers an effective musical commentary on the text, *guerra è 'l mio stato* ("war is my state").

Other kinds of word-painting abound in the collection. The texts offer a composer many opportunities, and Rossetti takes full advantage of them. He sometimes focuses attention on natural objects, as by depicting the "liquid crystal" of a river with marvelous running passages (No. 28, mm. 16-22). He also focuses on emotional states. In Petrarch's sonnet *Pace non trovo*, for instance, the words *piangendo rido* ("crying, I laugh") demand response, and Rossetti obliges with tasteful musical contrasts (No. 26, mm. 19-22).

Although the madrigals artfully combine both chordal and imitative writing, chordal texture, often with speech-like rhythms, is the norm. Contrapuntal textures tend to be reserved for textural emphasis. As in the *Sacrae Cantiones*, Rossetti shows himself here to be a fine contrapuntist, if nevertheless sometimes careless about parallel fifths.[10]

Duple meter with the signature of *tempus imperfectum diminutum* (₵) is the usual meter in the collection, as in most sixteenth-century music. In nine madrigals (one single and four in two *partes*), however, Rossetti employs the uncut signature of *tempus imperfectum* (C). The first signature indicates *tactus alla breve*, the second *tactus alla semibreve*. In the present edition, all original note values have been halved except for the longs that conclude final cadences, which are presented as half-notes or whole-notes under fermatas. Madrigals that

were originally written in ₵ have been transcribed in $\frac{2}{2}$ meter; those orignally written in C have been transcribed in $\frac{2}{4}$ meter, thus preserving a distinction inherent in the original publication.

Rossetti may have intended the signature C to indicate a somewhat slower tempo than ₵, in agreement with a practice that Praetorious later remarked upon.[11] By 1560 the *note nere* madrigal (written with the signature C) had become well-established, and Rossetti's *note nere* madrigals conform to the general style:[12] they move mostly in smaller note values than those written in ₵;[13] they present strong contrasts of fast and slow movement; they contain numerous running passages; they employ syncopations and pictorial devices, although perhaps not to a significantly greater degree than Rossetti's other madrigals. Possible implications of tempo aside, Rossetti's use of the signature C could thus have been inspired by stylistic considerations. He may have been consciously following the lead of Cipriano de Rore, whose *note nere* madrigals are exemplary; de Rore's specific influence in another regard can be heard, as Bernhard Meier has pointed out,[14] in Rossetti's setting of *Lasso!, che mal accorto fui* (No. 34), where at least the opening seems inspired by de Rore's setting of the same text.

Rossetti introduces triple rhythms only once within the collection, in the *seconda parte* of *Mentre che 'l cor* (No. 24, *Quel foco è morto*, mm. 24-30), probably for the speech-like effect suggested by the text. He employs blackened notation with the sign 3 preceding each group of three blackened semibreves. In this edition, the groups of blackened notes are indicated by broken brackets and triplet signs.

The compositions are presented here in open score. Each line of the score begins with an incipit that presents a quotation of the original clef and signatures, the first note in its original time value, and the range of the part in transcription.

The original spellings of the texts are retained throughout this volume. Diacritical marks and punctuation have been added by the editor. In the source, repetitions of text are often indicated only by the abbreviation *ij*. Where this occurs in the source, text in the present edition has been supplied in brackets. In the original edition, an accidental is valid for the following note and for each successive note of the same pitch; a rest or a note of different pitch generally cancels the previous accidental. Rossetti and his contemporaries had no notational means for cancelling accidentals; all cancellations of accidentals in the present edition have, therefore, been supplied by the editor. Like all editorial accidentals, they have been placed on the staff enclosed in brackets. In the edition, when successive altered notes fall in two or more measures, the accidental is repeated at the beginning of each new measure without special designation or comment. Precautionary accidentals occasionally appearing in the original have been omitted from the present edition.

The music should move as quickly as the meaning of the text allows but not so quickly that the words and contrapuntal lines are obscured. The metronome marking ♩ = 80 can often be used as a starting point. Since absolute pitch was generally unknown in the sixteenth century, the users of the present edition should feel free to transpose any of the pieces as needed to fit the ranges of the voices at hand.

Critical Notes

The original edition is relatively free of error. Most of the comments given in the following paragraphs refer not to errors but to aspects of the original notation not seen in the present edition. Errors that were found in the original edition have, of course, been corrected here. The original

readings are listed below by the number of the work in question. Pitch designations are of the usual sort: middle c is c′, two-line c is c″, and so forth.

No. 7—m. 15, alto, note 4 is g.

No. 8—mm. 39-40, tenor, second note of ligature is blackened.

No. 16—m. 47, alto, last note is semibreve.

No. 17—m. 29, tenor, second note of ligature is blackened.

No. 31—m. 9, tenor, note 4 is a minim.

Acknowledgments

A complete copy of the original publication is preserved in the Bayerische Staatsbibliothek in Munich, and the editor is indebted to that library for supplying a microfilm of the publication from which the present edition was prepared. The editor is especially grateful to his colleague and friend Professor Adriana Slaniceanu for her translation of the unidentified texts in the collection. The edition would not have been possible without the support and assistance of California State University, Fresno. The University's generosity has been much appreciated.

Allen B. Skei

April 1977

Notes

1. Rossetti's life is summarized in the Preface to the present editor's edition of Rossetti's *Sacrae Cantiones,* Vol. XV of *Recent Researches in the Music of the Renaissance* (1973). In that summary, the erroneous statement is made that a madrigal by Rossetti appears in a collection from 1560, *Di Orlando di Lassus il primo libro di madrigali a quatro voci.* The madrigal in question is by Rosselli not Rossetti.

2. The only copy is preserved in the Biblioteca Nazionale de Torino, where it bears the designation Ms. Ris. Mus. II, 10.

3. One madrigal from the collection, *Quel lume da cui il ciel,* was later included in Gardano's *Madregali di Verdelot a sei Insieme Altri Madregali de Diversi Eccellentissimi Autori* (1561).

4. A madrigal from Rossetti's first book of five-voice madrigals (1560), *Mentre per queste rive,* is also dedicated to Gioseppe Giustiniano.

5. Like Willaert, Rossetti sets eight lines of text.

6. The *madrigale* form found in the collection is of the Cinquecento, not the Trecento, type. Cf. Don Harran, "Verse Types in the Early Madrigal," *Journal of the American Musicological Society* XXII, No. 1 (Spring 1969): 27-53.

7. Alfred Einstein, *The Italian Madrigal,* trans. Alexander H. Krappe, Roger H. Sessions, and Oliver Strunk (Princeton, 1971), II: 645.

8. Edward E. Lowinsky, "Matthaeus Greiter's *Fortuna:* An Experiment in Chromaticism and in Musical Iconography—I," *The Musical Quarterly* XLII, No. 4 (October 1956): 500-503. Also see Edward E. Lowinsky, *Tonality and Atonality in Sixteenth-Century Music* (Berkeley, 1962), pp. 47-50. For a contrasting opinion, see Claude V. Palisca's review of Lowinsky's book in *Journal of the American Musicological Society* XVI, No. 1 (Spring 1963): 85-86.

9. Edward Lowinsky has kindly called the present editor's attention to an instance of word-painting in his edition of the *Sacrae Cantiones* (see footnote 1) that is obscured by *musica ficta* wrongly applied. The instance occurs within *Aspice Domine, quia facta est desolato civitas* (No. VIII, pp. 46-50), where Rossetti intends to express the text *non est qui consoletur eam* with the recurring interval of a diminished fourth. The *musica ficta* in mm. 44-49 of the edition should therefore be disregarded.

10. See, for example, *Mentre che 'l cor* (No. 23), m. 15, tenor and bass.

11. *Termini musici* (1619), *Syntagma musicum* (Wolfenbüttel, 1615-20), facsimile reprint, ed. Wilibald Gurlitt (Kassel, 1958-59), III: 50. For a general discussion of the relationship of the two signatures, see Curt Sachs, *Rhythm and Tempo* (New York, 1953), pp. 222-25.

12. The genre is fully discussed in James Haar, "The *Note Nere* Madrigal," *Journal of the American Musicological Society* XVIII, No. 1 (Spring 1965): 22-41.

13. Semifusas, however, appear in both kinds of madrigals.

14. Giovan Nasco, *et al., Fünf Madrigale auf Texte von Francesco Petrarca zu 4-6 Stimmen,* ed. Bernhard Meier, *Das Chorwerk,* ed. Friedrich Blume and Kurt Gudewill (Wolfenbüttel, 1962), 88: iv.

Texts and Translations

Nos. 1 and 2—Unidentified, sonnet

1. Padre del ciel, che da i stellati chiostri
   Cinto di gloria in mezzo 'l sommo choro
   Su l'altro soglio tuo di gemme e d'oro,
   Miri d'intorno l'opr'e i pensier nostri.
   Deh, tua pietà ver me larga si mostri
   Con tormi a i lunghi errori onde m'accoro
   D'esser lontan da l'ampio tuo tesoro
   Di che spero anchor pur m'indori e innostri.

2. Vedi ben, Padre, il mio desir che senza
   Possa che da te vien è com'asciutto
   Terren' c'humor a germogliar desia;
   Dunque porgi, Signor, la tua man pia
   Che com'hor son nel più cieco ridutto
   Sagli' ancor a mirar l'eterna essenza.

(Father in heaven, surrounded by glory in the midst of the highest choir on your other throne of gems and gold, look down upon our works and thoughts from the star-studded cloisters. Oh, may your mercy on me be bountiful in saving me from the lasting errors that make me suffer being far away from your copious treasure, with which I still hope you will gild and adorn me.

You see then, Father, that my desire, without the power that comes from you, is as soil that wants to sprout. Extend then, Lord, your pious hand so that even though I am now reduced to the blindest state, I may still look upon the eternal essence.)

Translation by Adriana Slaniceanu

No. 3—Petrarch, Canzone, 366, lines 40 ff.

3. Vergine santa, d'ogni gratia piena,
   Che per vera et altissima humiltade
   Salisti al ciel, onde i miei preghi ascolti,
   Tu partoristi il fonte di pietade,
   E di giustitia il sol, che rasserena
   Il secol, pien d'errori, oscuri e folti:
   Tre dolci e cari nomi hai in te raccolti,
   Madre, figliuola, e sposa;
   Vergine gloriosa,

Donna del Re che nostri lacci ha sciolti,
E fatto 'l mondo libero e felice,
Ne le cui sante piaghe,
Prego ch'appaghe il cor, vera beatrice.

(Virgin most holy, full of grace, that wast
Exalted by thy deep, true humbleness
To heav'n, whence thou my orison dost hear;
Thou broughtest forth the Fount of tenderness
And Sun of justice, who the world, when lost
In errors dense and dark, made bright and
   clear.
Three names thou linkest, that are sweet and
   dear—
Mother, and child, and bride.
Oh Virgin glorified,
Queen of that Lord, who to this earthly sphere,
Loosing our bonds, brought liberty with bliss;
True Comforter, impart
Peace to my heart by those blest wounds of
   His.)

Translation by C. B. Cayley[1]

Nos. 4 and 5—Petrarch, Sonnet, 295

4. Soleano i miei pensier soavemente
   Di lor obietto ragionare insieme:
   "Pietà s'appressa, e del tardar si pente:
   Fors' hor parla di noi, o spera, o teme."
   Poi che l'ultimo giorno, e l'hore estreme
   Spogliâr di lei questa vita presente,
   Nostro stato dal ciel vede, ode, e sente:
   Altra di lei non è rimasa speme.

5. O miracol gentile! o felice alma!
   O beltà senza esempio altiera e rara,
   Che tosto è ritornata ond'ella uscio!
   Ivi ha del suo ben far corona e palma
   Quella ch'al mondo sî famosa e chiara
   Fe' la sua gran virtute, e 'l furor mio.

---

[1]*Qui comincian le Rime di M. Francesco Petrarca. The Sonnets and Stanzas of Petrarch*, trans. by C. B. Cayley (London: Longmans, Green, & Co., 1879). The other translations by Cayley quoted here are taken from the same work.

(My thoughts were used, communing quietly
On her they craved, to say, "Now ruth is near;
Now of her long delay repenteth she,
And talks of us belike with hope or fear."
But since that day extreme and hour severe,
Which made the world so poor, to set her free,
From paradise now doth she view and hear
And feel our lot; no other hope have we.
Oh marvel of delight, oh spirit blest,
Oh soon restored unto your native heaven,
Beauties unparalleled, superb, and rare!
There is the crown and palm of merit given
To her, who made so famed and manifest
Her virtue to the world and my despair.)

Translation by C. B. Cayley

Nos. 6 and 7—Petrarch, Sonnet, 353

6. Vago augelletto, che cantando vai,
    O ver piangendo, il tuo tempo passato,
    Vedendoti la notte e 'l verno a lato,
    E 'l dì dopo le spalle, e i mesi gai,
    Se come i tuoi gravosi affanni sai,
    Così sapessi il mio simìle stato,
    Verresti in grembo a questo sconsolato,
    A partir seco i dolorosi guai.

7. I' non so se le parti sarian pari,
    Chè quella cui tu piangi, è forse in vita,
    Di ch'a me morte, e 'l ciel, son tanto avari;
    Ma la stagione, e l'hora men gradita,
    Col membrar de' dolci anni e de gli amari,
    A parlar teco con pietà m'invita.

(Sweet bird, who keepest for thy times bygone
Warbling or wailing, since thou hast descried
That winter and the night are at thy side,
And daylight and the merry months are flown—
If, as thy sorrows to thyself are known,
Thou knewest my like lot, thou'dst come and
    hide
In this my aching bosom, to divide
With me the burthen of thy rueful moan.
Thy part, I know, might hardly match with mine,
For she thou mourn'st, may living reappear;
But heav'n and Death have grudged this hope to
    me.
But still this hour and season less benign,
And many a sweet and sad remembered year
Draw me to commune tenderly with thee.)

Translation by C. B. Cayley

Nos. 8 and 9—Unidentified, sonnet

8. Signor, mio caro, che partend'havete
    Di me portato ancor la miglior parte,
    Che più mi resta in questa oscura parte,
    Quand'hore più mi fìen care ne liete?
    Qual' frutt'homai la mia speranza miete
    Che 'n voi fioria, le lagrime c'ho sparte,
    E spargo sempr'in lamentose carte,
    Poscia ch'a gli occhi miei celato sete.

9. Non piango già che v'haggia a sommi honori
    Chiamato il ciel, ma piango il comun danno
    Lasso e via più che voi vederm'è tolto,
    Pur mi consola in sì doglioso affanno
    Che di me calvi in tenebre sepolto,
    E mi farete scorta a l'uscir fuori.

(My dear lord, who on leaving has taken the
best part from me, what more remains for me in
this dark place when the hours are no longer
happy or dear to me? I have the hope that flour-
ished in you, which is as fruit never to be har-
vested, I have the tears I have shed and still shed
in lament, for you are still hidden from my eyes.

I do not cry now that heaven has called you to
the highest glory, but I cry over the common loss,
since, alas, the means of seeing you again have
been taken from me. Still, it comforts me in such
painful anguish that you may take of me, buried
in darkness, and that you will guide me out.)

Translation by Adriana Slaniceanu

Nos. 10 and 11—Petrarch, Canzone, 323, lines 25 ff.

10. In un boschetto novo i rami santi
     Fiorian d'un lauro giovenetto e schietto,
     Ch'un de gli arbor parea di paradiso;
     E di sua ombra uscian sì dolci canti,
     Di varî uccelli, e tanto altro diletto,
     Che dal mondo m'havean tutto diviso:
     E mirandol io fiso,
     Cangiossi 'l cielo intorno, e tinto in vista,
     Folgorando 'l percosse, e da radice
     Quella pianta felice
     Subito svelse: onde mia vita è trista,
     Chè simile ombra mai non si racquista.

11. Chiara fontana, in quel medesmo bosco,
     Sorgea d'un sasso, et acque fresche e dolci
     Spargea, soavemente mormorando:
     Al bel seggio, riposto, ombroso, e fosco,

Nè Pastori appressavan nè Bifolci,
Ma Ninfe e Muse, a quel tenor cantando:
Ivi m'assisi; e quando
Più dolcezza prendea di tal concento,
E di tal vista, aprir vidi uno speco,
E portarsene seco
La fonte, e 'l loco: ond'ancor doglia sento,
E sol de la memoria mi sgomento.

(The heavenly branches did I see arise
Out of the fresh and lusty laurel-tree;
Amidst the young green wood of Paradise
Some noble plant I thought myself to see.
Such store of birds therein yshrouded were,
Chaunting in shade their sundry melody,
That with their sweetness I was ravished near.
While on this laurel fixèd was mine eye,
The sky 'gan everywhere to overcast,
And darkened was the welkin all about,
When sudden flash of heaven's fire outbrast,
And rent this royal tree quite by the root.
Which makes me much and ever to complain,
For no such shadow shall be had again.

Within this wood, out of a rock did rise
A spring of water, mildly rumbling down,
Whereto approachèd not in any wise
The homely shepherd nor the ruder clown,
But many muses and the nymphs withal,
That sweetly in accord did tune their voice
To the soft sounding of the water's fall;
That my glad heart thereat did much rejoice.
But while herein I took my chief delight,
I saw (alas) the gaping earth devour
The spring, the place, and all clean out of sight—
Which yet aggrieves my heart unto this hour,
And wounds my soul with rueful memory,
To see such pleasures gone so suddenly.)

Translation by Edmund Spenser[2]

Nos. 12 and 13—Unidentified, ottava rima

12. Dunque debb'io lontan da te, mio bene,
    Sì longo tempo star'e non morire,
    Dunque debbo soffrir tante catene,
    Cor mio, senza vederti e non perire.
    Come potrà 'l mio cor tra tante pene
    Viver securo sin al tuo venire?
    Deh, vieni e non tardar; porgimi aita,
    Ch'io temo col dolor finir la vita.

[2]Quoted in Cayley, *Qui comincian.*

13. Deh, lascia hormai, mio ben, il tuo diletto
    E torna a riveder chi tanto t'ama.
    Porgi soccorso a un cor d'Amor astretto,
    Che giorno e notte il tuo bel nome chiama.
    Ritorna a consolar l'afflitto petto,
    Ch'altri che te, crudel unqua non brama.
    Deh, torna, torn'hormai; donami aita,
    Ch'io temo senza te finir la vita.

(Then must I be such a long time away from
you, my love, and not die, then must I suffer so
many fetters, must my heart suffer without seeing
you and not perish. How will my heart with so
much grief, live safe until you come? Oh, come
and do not delay; give me aid, because I fear that
my life will end in sadness.

Oh, leave now your pleasure, my love, and return to see the one who loves you so much. Give
aid to the heart imprisoned by Love, which night
and day calls your beautiful name. Return to
comfort the afflicted heart, which longs for no
other than you, however cruel. Oh, return, return
at last; give me aid, because I fear that without
you my life will end.)

Translation by Adriana Slaniceanu

No. 14—Unidentified, madrigal

14. Se 'l pensar di partire
    Mi conduce a morire,
    Come vivrò lontan da voi, mia vita?
    Porgete adunque aita
    Al mio cor, in me morto e vivo in voi
    Trasformandovi in me, che lungi poi
    Quasi venuto al meno,
    Terrete in vita il mio carcer terreno.

(If thinking of leaving leads me to die, how will
I live far away from you, my life? Then give aid
to my heart, dead in me and alive in you, trans-
forming you into me, since, far from you and al-
most dying, my earthly prison you will keep
alive.)

Translation by Adriana Slaniceanu

No. 15—Unidentified, ottava rima

15. Donna, a cui molte gratiose e belle,
    Di gratia e di beltà sono seconde,
    Di sì bel corpo le fatezze Apelle
    Ben può ritrar ma 'l bel ch'in se nasconde,
    L'alma pura e gentil con tutte quelle

xiii

Gratie che 'l ciel vi piove ampie e feconde,
Chi dipigner desia, non può far fallo
Se v'assomiglia a un lucido cristallo.

(Lady, to whom many gracious and beautiful women come second in grace and beauty, of such a beautiful body as yours Apelle[3] may well portray the features; but whoever wishes to paint the beauty hidden in it, the pure and gentle soul with all those graces that heaven abundantly and generously rains upon you, cannot make a mistake if he makes you resemble a clear crystal.)

Translation by Adriana Slaniceanu

Nos. 16 and 17—Petrarch, Sonnet, 183

16. Se 'l dolce sguardo di costei m'ancide,
    E le soavi parolette accorte,
    E s'Amor sopra me la fa sì forte,
    Sol quando parla, o ver quando sorride,
    Lasso!, che fia, se forse ella divide,
    O per mia colpa o per malvagia sorte,
    Gli occhi suoi da mercè, sì che de morte
    Là dove hor m'assicura, alhor mi sfide?

17. Però s'io tremo, e vo col cor gelato,
    Qualhor veggio cangiata sua figura,
    Questo temer d'antiche prov' è nato.
    Femina è cosa mobil per natura;
    Ond'io so ben ch'un amoroso stato
    In cor di donna picciol tempo dura.

(If even under her sweet glance I pine,
Or when her soft and well-aimed words I hear—
If Love can over me thus domineer
When she may speak, or when her smile may
    shine,
How must I fare, if either fault of mine
Or some unkindly fate, should cause to veer
Her eyes from Mercy's path—if not to cheer
'Gainst death, but death to threat, she might
    incline?
This makes me quake, and move with frozen
    heart
Whenever altered I behold her mien;
And my misgivings old examples aid;
For fickle since her birth has Fortune been,
And well I wot, that such a gracious part
Was never long by any woman played.)

Translation by C. B. Cayley

[3]A Greek painter of the fourth century B.C.

Nos. 18 and 19—Unidentified, sonnet

18. La crudeltà de la più cruda donna
    Ch'accendesse mai cor d'incaut'amante,
    Piango e sospiro con lagrime tante,
    Ch'ammollirian non lei ma una colonna.
    Alto valor che 'n cor gentil s'indonna
    Ben veggio 'n lei, ma par che 'l pett'amante
    Crudeltà tale, che l'alma mia errante
    Dice che più crudel non veste gonna.

19. Par ben che sia pietà ne suoi begli occhi,
    Sì dolcemente ogn'hor li mov'e gira.
    Ma non si fidi alcun, chè tutto e foco,
    Ogn'un si guardi ch'arco indi non scocchi
    Amor che vive in quel beato loco,
    Ch'in van da poi si piange e si sospira.

(I cry over the cruelty of the cruelest lady who has ever inflamed the heart of an imprudent lover and lament with so many tears that they would soften a column if not her. I see well in her the great virtue that reigns in a gentle heart, but it seems her breast conceals such cruelty that my errant soul says there is no woman more cruel.

It really seems that there is compassion in her beautiful eyes, so sweetly she moves and turns them every moment. But let no one trust, for all is fire; let everyone take care that afterwards love, which lives in that blessed place, does not loose its arrow, for afterwards you will cry and you will sigh in vain.)

Translation by Adriana Slaniceanu

Nos. 20 and 21—Petrarch, Sonnet, 164

20. Hor che 'l ciel e la terra e 'l vento tace
    E le fere e gli augelli il sonno affrena,
    Notte il carro stellato in giro mena,
    E nel suo letto il mar senz'onda giace,
    Veggio, penso, ardo, piango; e chi mi sface
    Sempre m'è innanzi per mia dolce pena:
    Guerra è 'l mio stato, d'ira e di duol piena;
    E sol di lei pensando ho qualche pace.

21. Così sol d'una chiara fonte viva
    Move 'l dolce e l'amaro, ond'io mi pasco;
    Una man sola mi risana e punge.
    E perchè 'l mio martir non giunga a riva
    Mille volte il dì moro e mille nasco;
    Tanto da la salute mia son lunge.

(Now when the welkin, earth, and winds are still,
When Sleep the wild deer and the fowls hath
　bound,
When Night her starry chariot wheels around,
And the vast deep is couched without a thrill,
I wake, muse, burn, and weep; and near me still
I have my sweet bane and destroyer found;
My state is war, where grief and wrath abound;
Those thoughts are all my peace, which she doth
　fill.
Thus doth one bright and living fountain send
The sweets and bitters forth, which make my fare;
One hand my healer and my wounder are.
And that my torment ne'er may reach an end,
A thousand deaths and births each day I share;
So that, methinks, from weal I stand afar.)

Translation by C. B. Cayley

No. 22—Unidentified, canzone

22. Dolce foco d'Amor, soave ghiaccio,
　　Ov'io mi struggo dolcemente ogn'hora,
　　Dolce piaga mortal che sì m'accora
　　Gioconda servitù, felice impaccio,
　　Accendete agghiacciate aprite il core,
　　Ristringetelo pur con questo laccio
　　Che quanto più mi sfaccio,
　　Tanto più ne ringratio 'l ciel e Amore.
　　Anzi benigna al'hor chiamo mia sorte
　　Quando mi veggio più press'alla morte.

(Sweet fire of love, gentle ice, wherein I am
consumed every hour—sweet mortal wound that
pains me so, joyful slavery, happy trouble, in-
flame, freeze, and open the heart, imprison it
then with this snare, for the more I undo myself,
the more I give thanks for it to heaven and to
love. Rather I call my fate kind in this hour when
I see myself closest to death.)

Translation by Adriana Slaniceanu

Nos. 23 and 24—Petrarch, Sonnet, 304

23. Mentre che 'l cor dagli amorosi vermi
　　Fu consumato, e 'n fiamma amorosi arse,
　　Di vaga fera le vestigia sparse
　　Cercai per poggi solitarii et hermi;
　　Et hebbi ardir cantando di dolermi
　　D'Amor, di lei che sì dura m'apparse:
　　Ma l'ingegno e le rime erano scarse
　　In quella etate a i pensier novi e 'nfermi.

24. Quel foco è morto, e 'l copre un picciol
　　　marmo:
　　Che se col tempo fossi ito avanzando,
　　Come già in altri, in fino a la vecchiezza,
　　Di rime armato, ond'hoggi mi disarmo,
　　Con stil canuto havrei fatto parlando
　　Romper le pietre, e pianger di dolcezza.

(While on my heart an amorous canker fed,
And while an amorous fire yet made it glow,
I followed footprints of a nimble doe,
That over lone and desert places fled;
And how I then was tyrannously led
By Love and her, I dared in song to show;
But rhyme and wit in serving me were slow
At such an age, which raw, sick fancies bred.
Now stifled and beneath a small stone hid
Is all my fire, but had it burned and grown
As long a term as falls to many a wight,
Then, being armed with rhymes, of which I'm
　rid,
And with a hoary style, I would make stone
Burst at my words, and weep with keen delight.)

Translation by C. B. Cayley

Nos. 25 and 26—Petrarch, Sonnet, 134

25. Pace non trovo, e non ho da far guerra;
　　E temo, e spero; et ardo, e son un ghiaccio;
　　E volo sopra 'l cielo, e giaccio in terra;
　　E nulla stringo, e tutto 'l mondo abbraccio.
　　Tal m'ha in pregion, che non m'apre nè
　　　serra,
　　Nè per suo mi ritèn nè scioglie il laccio;
　　E non m'ancide Amore, e non mi sferra,
　　Nè mi vuol vivo nè mi trahe d'impaccio.

26. Veggio senza occhi, e non ho lingua, e grido;
　　E bramo di perir, e chieggio aita;
　　Et ho in odio me stesso, et amo altrui.
　　Pascomi di dolor, piangendo rido;
　　Egualmente mi spiace morte e vita:
　　In questo stato son, donna, per vui.

(I find not peace, and am for war unfit;
I fear, hope, burn, and ice-like yet am I;
Past heaven I soar, and on the earth I lie,
Compass the world, and have no clasp of it;
My jailor locks, or frees me, not a whit,
Nor takes me for her own, nor breaks my tie;
Love slays me not, nor puts my shackles by,
Nor wills my life, nor thraldom lets me quit.

I see sans eyes; I have no tongue nor moan;
I crave to perish, and for aid I sue;
I hate myself, and love another wight;
I feed on sorrows, and by smiles I groan;
Equally death and life I must eschew;
You, lady mine, reduce me to this plight!)

Translation by C. B. Cayley

Nos. 27 and 28—Petrarch, Sonnet, 303

27. Amor, che meco al buon tempo ti stavi
    Fra queste rive, a' pensier nostri amiche,
    E per saldar le ragion nostre antiche
    Meco e col fiume ragionando andavi!
    Fior, frondi, herbe, ombre, antri, onde, aure
        soavi,
    Valli chiuse, alti colli e piagge apriche,
    Porto de l'amorose mie fatiche,
    De le fortune mie tante, e sì gravi.

28. O vaghi habitator de' verdi boschi,
    O Ninfe, e voi che 'l fresco ombroso fondo
    Del liquido cristallo alberga e pasce;
    I dì miei fûr sì chiari, hor son sì foschi,
    Come Morte che 'l fa. Così nel mondo
    Sua ventura ha ciascun dal dì che nasce.

(Love, who wast in those precious days my mate,
And who beside these friendly shores, with me
And with the river pacing, didst agree
Our ancient commerce how to reinstate;
Flowers, leaves, shades, caves, waves, breezes
    delicate,
And each tall hill, shut vale, and sunny lea,
The ports, where passion-tossed I used to flee,
And from so many tempests and so great;
Ye herds, that wild amid the forest run,
And nymphs, and ye, that on the cool bed green,
Below the liquid crystal, rest and feed;
Lo, how my days were bright, and now are dun,
Like death, who is their troubler! Thus 'tis seen,
That each man's lot is from his birth decreed.)

Translation by C. B. Cayley

No. 29—Petrarch, Sestina, 22, lines 31 ff.

29. Con lei fuss'io da che si parte il sole,
    E non si vedess'altri che le stelle,
    Sol una notte, e mai non fusse l'alba,
    E non si trasformasse in verde selva
    Per uscirmi di braccia, come il giorno

Ch'Apollo la seguia qua giù per terra!
Ma io sarò sotterra in secca selva,
E 'l giorno andrà pien di minute stelle,
Prima ch'a sì dolce alba arrivi il sole.

(If I could be with her, from when the sun
Departs, and none beheld us but the stars,
One only night, and were it never dawn—
And she not free to change, or with green wood
To blend and 'scape my arms, as on the day
When Phoebus chased her here below on earth.
But me will cover earth and sapless wood,
And tiny stars will deck the robe of day,
Ere to so sweet a dawn attains the sun.)

Translation by C. B. Cayley

Nos. 30 and 31—Petrarch, Sonnet, 218

30. Tra quantunque leggiadre donne e belle
    Giunga costei, ch'al mondo non ha pare,
    Col suo bel viso suol de l'altre fare
    Quel che fa 'l dì de le minori stelle.
    Amor par ch'a l'orecchie mi favelle,
    Dicendo: "Quanto questa in terra appare,
    Fia 'l viver bello; e poi 'l vedrem turbare,
    Perir virtuti, e 'l mio regno con elle.

31. Come natura al ciel la luna e 'l sole,
    A l'aere i vènti, a la terra herbe e fronde,
    A l'huomo e l'intelletto e le parole,
    Et al mar ritogliesse i pesci e l'onde;
    Tanto e più fìen le cose oscure e sole,
    So morte gli occhi suoi chiude et asconde."

(Amidst however many, fair and bright,
She comes, with whom nought mortal can
    contest,
Her lovely face effects in all the rest
What the sun doth in every meaner light.
Love in my ear then seemeth to recite
That, while she shows herself, our life is blest,
But we shall see it hereafter sore distressed,
All virtues dying, and therewith his might.
If Nature took from heav'n the moon and sun,
From air the winds, from earth the leaves and
    grass,
And intellect and speech from human-kind,
If waves and fishes from the sea should pass,
Thus and yet more would all be dull and dun,
If Death those eyes of hers should close and
    blind.)

Translation by C. B. Cayley

No. 32—Petrarch, Sonnet, 175, octave only

32. Quando mi viene inanzi il tempo e 'l loco
    Ov'io perdei me stesso, e 'l caro nodo
    Ond Amor di sua man m'avinse in modo
    Che l'amar mi fe' dolce, e 'l pianger gioco,
    Solfo et èsca son tutto, e 'l cor un foco,
    Da quei soavi spirti, i quai sempre odo,
    Acceso dentro sì, ch'ardendo godo,
    E di ciò vivo, e d'altro mi cal poco.

(That time and place whenever I recall,
In which I lost myself, or that sweet tie,
Which Love's own hand so well attached me by,
That mirth he draws from tears, and sweets from
    gall—
This makes me tinder, brimstone; and through all
My heart is lit a fire, which I descry
Sweet breaths arousing, heard at all times nigh;
These are my life; all cares beyond are small.)

Translation by C. B. Cayley

No 33—Petrarch, Sonnet, 89, octave only

33. Fuggendo la pregione ove Amor m'hebbe
    Molti anni a far di me quel ch'a lui parve,
    Donne mie, lungo fôra a ricontarve
    Quanto la nuova libertà m'increbbe.
    Diceami il cor che per sè non saprebbe
    Viver un giorno; e poi tra via m'apparve
    Quel traditore in sì mentite larve
    Che più saggio di me ingannato havrebbe.

(Fled from the prison-house, where Love had me
Pent many years, to do what seemed him best—
Dear ladies, it were hard to manifest
How I disliked this new thing, liberty!
My heart declared, it could not live set free,
Not for a day; and then yon traitor guest
Stood on my path, in lying garb so drest,
He'd wiser ones have fooled, than I can be.)

Translation by C. B. Cayley

No. 34—Petrarch, Sonnet, 65, octave only

34. Lasso!, che mal accorto fui da prima
    Nel giorno ch'a ferir mi venne Amore,
    Ch'a passo a passo è poi fatto signore
    De la mia vita, e posto in su la.cima!
    Io non credea per forza di sua lima
    Che punto di fermezza o di valore

Mancasse mai ne l'indurato core;
Ma così va chi sopra 'l ver s'estima.

(Alas, how off my guard I was that day
When Love approached me for his earliest hit!
For he since then has mounted, bit by bit,
Atop, and brought my life beneath his sway.
In his file's power I never thought it lay,
That manhood or that firmness could by it
Be aught diminished in my stubborn wit;
But thus fares pride, that doth itself o'erweigh.)

Translation by C. B. Cayley

Nos. 35 and 36—Vergil, Buccolica II, lines 6 ff.

35. O crudelis Alexi, nihil mea carmina curas?
    Nil nostri miserere? Mori me denique coges.
    Nunc etiam pecudes umbras et frigora
        captant,
    Nunc virides etiam occultant spineta lacertos,
    Thestilis et rapido fessis messoribus aestu
    Allia serpillumque herbas contundit olenteis;
    At mecum raucis, tua dum vestigia lustro,
    Sole sub ardenti resonant arbusta cicadis.

36. Nonne fuit satius, tristeis Amarilidis iras
    Atque superba pati fastidia? Nonne
        Menalcam,
    Quamvis ille niger, quamvis tu candidus
        esses?
    O formose puer, nimium ne crede colori:
    Alba ligustra cadunt, vacinia nigra leguntur.

(O cruel Alexis, care you naught for my songs?
Have you no pity for me? You will drive me at
last to death. Now even the cattle court the cool
shade; now even the green lizards hide in the
brakes, and Thestylis pounds for the reapers,
spent with the scorching heat, her savory herbs of
garlic and thyme. But as I scan your footprints,
the copses under the burning sun ring with the
shrill cicala's voice along with mine.

Was it not better to brook Amaryllis' sullen
rage and scornful disdain? or Menalcas, though
he was swart and you are fair? Ah, lovely boy,
trust not too much to your bloom! The white
privets fall, the dark hyacinths are culled!)

Translation by H. Rushton Fairclough[4]

[4]*Virgil*, with an English translation by H. Rushton Fairclough, *Loeb Classical Library* (Cambridge, Mass.: Harvard University Press, 1954-56), I:11. Reprinted with the kind permission of the publisher.

CANTO

DI STEPHÁNO ROSSETTI
DA NIZZA IL PRIMO LIBRO DE MADREGALI
a quattro uoci Infieme alquanti Madregali ariofi & con alcuni Verfi di Vergilio Nouamente
da lui compofi & per Antonio Gardano ftampati & dati in luce.

A QVATRO   VOCI

MIRACVLI
PLALVNE
VRTVTE
INGOPERIS

In Venetia Appreffo di
Antonio Gardane.
1560

Plate I. Stefano Rossetti, *Il Primo Libro de Madregali a quattro voci* (1560). Title page.
(Bayerische Staatsbibliothek, Munich)

AL MAGNIFICO SIGNOR GIOSEPPE GIVSTINIANO

GENTILHVOMO SCIOTTO

Hel'ingratitudine fia in vitio abhomineuole, non folo appreffo gl'huemini, ma ancora appreffo Iddio; creggio, che V. S. lo fapia. Creggio di piu, ch'ella fapia, che colui, il quale non rende il debito honore a chi lo merita; manca di far quello, ch'egli di ragion deue. Ond' io per non incorrere in alcuno di quefti errori, mi fono propofto di far un prefente a V. S. di quefti Madrigali a quatro voci; da me compofti in quel poco tempo, ch'io fono ftato in Scio, & fgrauarmi in parte (che in tutto gli e impoffibile) dell'obligo, ch'io tengo con effolei, per li beneficij da lei riceuuti, fenza neffun mio merito: & infieme honorarla (fe tanto però poffono promettere l'opere mie) fe non come è il merito di lei, almeno per quanto fi eftendono le forze mie. V. S. accetti il dono con quella fincerità di core, con la quale glielo apprefento, & conofca, che cofi, come effa auanza di cortefia & di animo generofo molti, che generofi fi tengono; cofi io le fono affettionatisfimo tra tutti quelli, che l'amano. Et facendo fine, di cuore me le raccomando.

Seruitij D. V. S. Stefano Roffetti da Nizza.

IL PRIMO LIBRO DE MADREGALI
A QUATTRO VOCI

1. Padre del ciel

di glo- ria in mez - zo'l som- mo cho- -ro Su l'al- tro so - glio, su

mez - zo'l som - - mo cho - -ro Su l'al - tro

in mez - zo'l som-mo cho - - ro_____ Su l'al- tro so-

in mez - zo'l som- -mo cho - - ro Su l'al - tro

l'al - tro so- glio tuo di gem-me e d'o- - ro, di gem-me e d'o- -ro, Mi-

so- glio tuo di gem- me e d'o- - -ro, Mi-

-glio tuo di gem-me e d'o- -ro, di gem-me e d'o- -ro, Mi-

so- glio tuo di gem-me e d'o-ro, di gem-me e d'o- ro, Mi-

- ri d'in- tor- - no l'o- -pr'e i pen-sier no- stri, e i pen-sier no- stri.

- ri d'in - tor- - no l'o- -pr'e i pen- sier no- stri,_____ e i pen- sier no-

- ri d'in- tor- - no l'o- -pr'e i pen-sier no- stri,_____ e i pen-sier no-

- ri d'in- tor- - no l'o- -pr'e i pen-sier no- stri,_____ e i pen-sier no- stri, e i

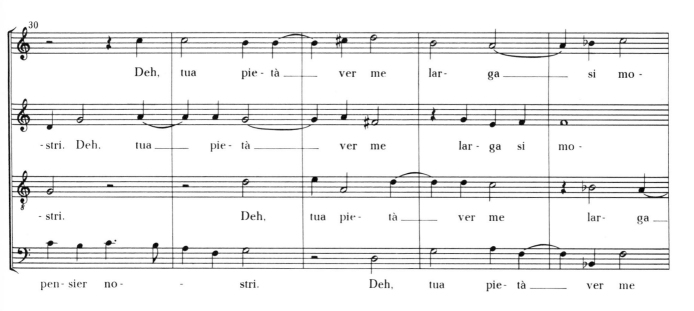

2. Vedi ben, Padre

Seconda parte

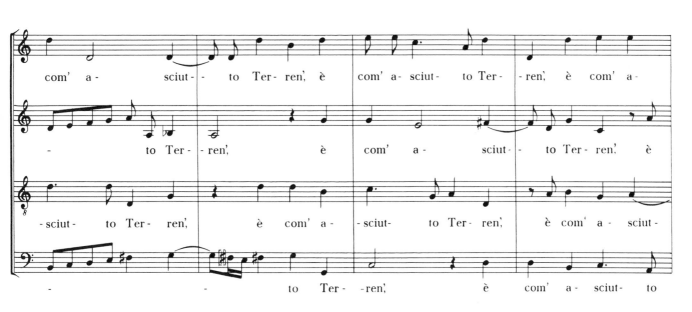

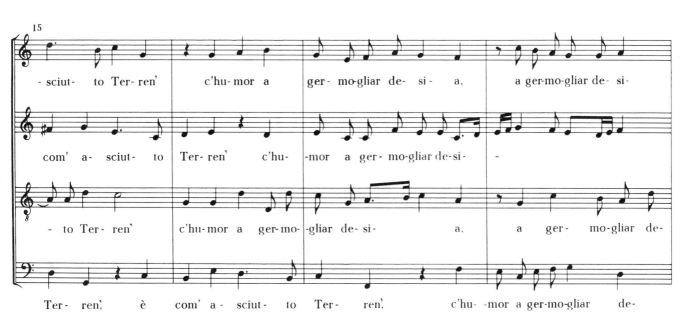

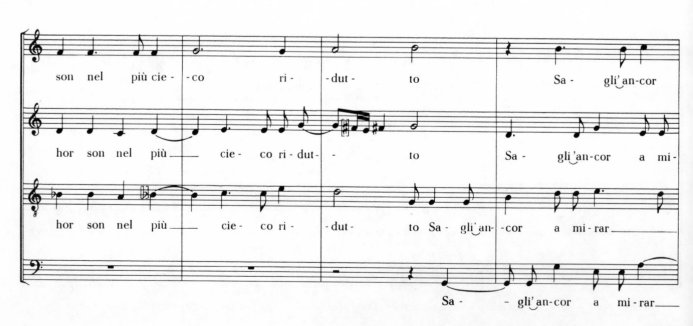

3. Vergine santa

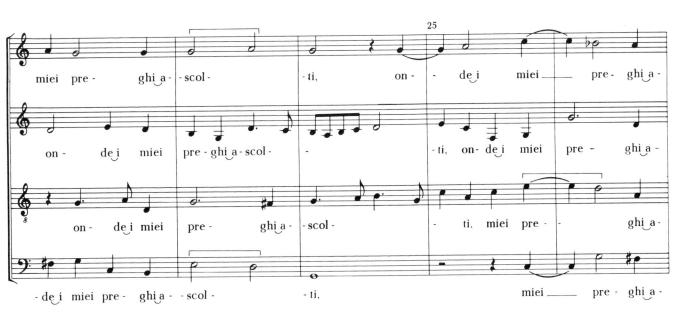

miei pre - ghi a - scol - - ti, on - de i miei pre - ghi a -

on - de i miei pre - ghi a - scol - - ti, on - de i miei pre - ghi a -

on - de i miei pre - ghi a - scol - - ti, miei pre - ghi a -

- de i miei pre - ghi a - scol - - ti, miei pre - ghi a -

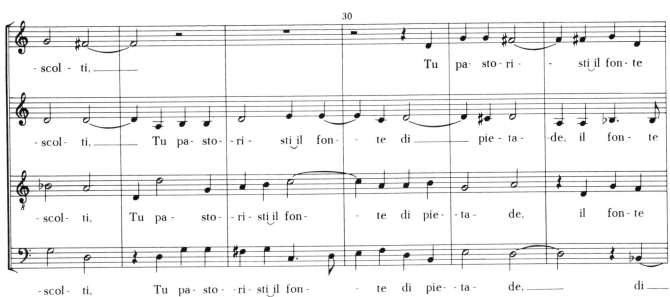

- scol - ti, Tu pa - sto - ri - - sti il fon - te

- scol - ti, Tu pa - sto - ri - sti il fon - te di pie - ta - de, il fon - te

- scol - ti, Tu pa - sto - ri - sti il fon - - te di pie - ta - de, il fon - te

- scol - ti, Tu pa - sto - ri - sti il fon - - te di pie - ta - de, di

di pie - ta - - de, E di giu - sti - tia il sol, che ras - se - re -

di pie - ta - - de, E di giu - sti - tia il sol, che ras - se - re -

di pie - ta - - de, E di giu - sti - tia il sol, che ras - se - na, che

pie - ta - - de, E di giu - sti - tia il sol, che ras - se - na,

4. Soleano i miei pensier

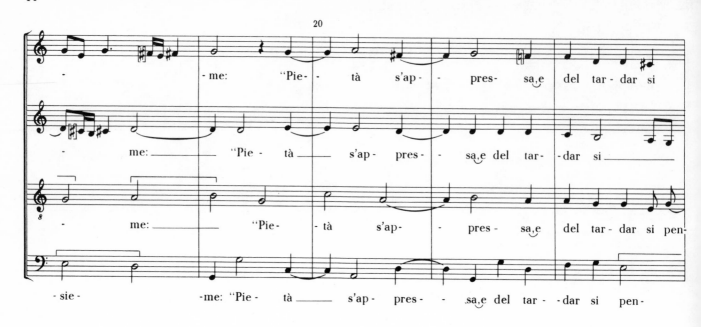

5. O miracol gentile!

Seconda parte

-scì - o! I - vi ha dal suo ben far co - ro - na e pal - ma,

el la u scì - o!] I - vi ha dal suo ben far co - ro - na e pal -

- o! I - vi ha dal suo ben far co - ro - na e pal - ma, co -

- scì - o! I - vi ha dal suo ben far co - ro - na e pal - ma, co -

co - ro - na e pal - ma Quel - la

- ma Quel - la ch'al mon - do sì fa - mo - sa e chia - ra,

- ro - na e pal - - ma Quel - la ch'al mon - do sì fa - mo - sa e

- ro - na e pal - - ma Quel - la ch'al mon - do sì fa -

ch'al mon - do sì fa - mo - sa e chia - ra

quel - la ch'al mon - do sì fa - mo - sa e chia - ra

chia - ra, ch'al mon - do sì fa - mo - sa e chia - ra Fe' -

- mo - sa e chia - ra, ch'al mon - do sì fa - mo - sa e chia - ra Fe' -

6. Vago augelletto

Prima parte

Va- go au-gel- let- -to, che can- tan- -do va- i,

Va- go au-gel- let- -to, che can-tan- -do va- i,

Va- go au-gel- let- to, che can-tan- -do va- i,

Va- -go au-gel- let- to, che can- -tan-do va- i,

5

O ver pian- -gen-do il tuo tem- po pas- -sa- to, Ve- den- do-

O ver pian- -gen-do il tuo tem- po pas- -sa- to, Ve- den- do-

O ver pian- -gen-do il tuo tem- po pas- -sa- to, Ve- den- do-

O ver pian- -gen- do il tuo tem- po pas- -sa- to, Ve- den- do-

10

-ti la not- te e'l ver-no a la- -to, e'l ver- no a la- -to, [il

-ti la not- te e'l ver-no a la- -to, e'l ver- no a la-

-ti la not- te e'l ver-no a la- -to, e'l ver- -no a la-to, e'l ver-no a

-ti la not- te e'l ver-no a la- -to, e'l ver-no a la-

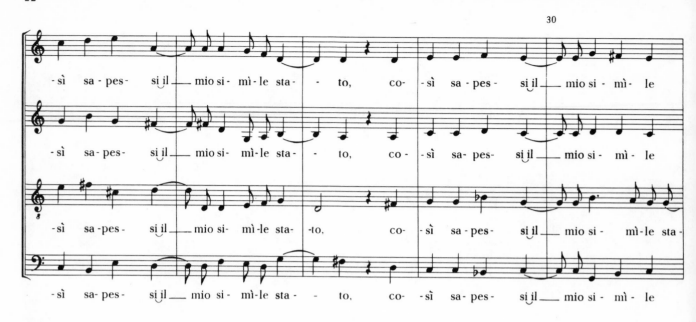

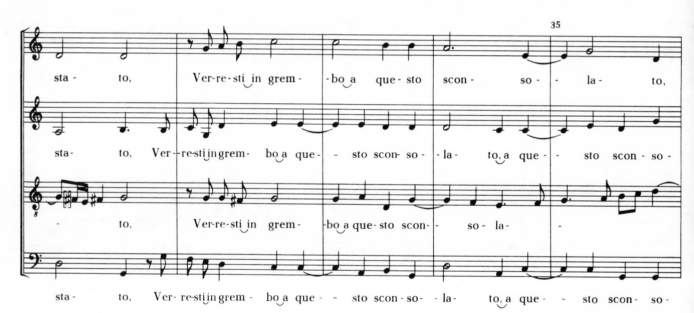

7. I' non so se le parti

8. Signor, mio caro

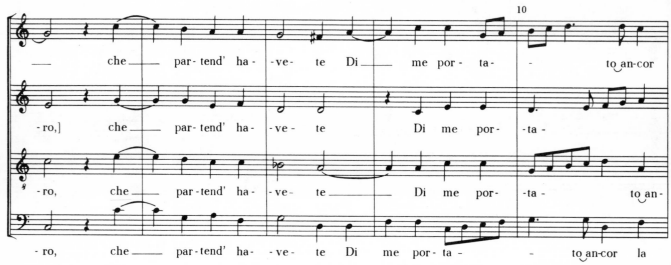

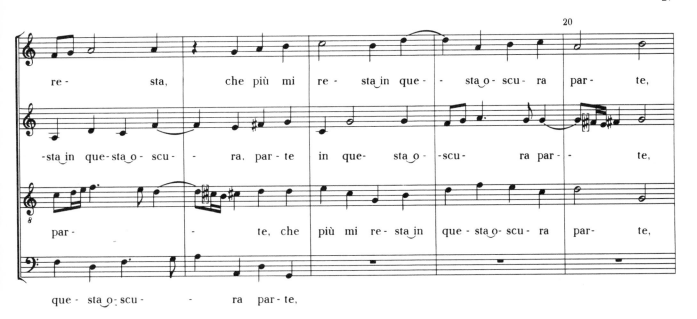

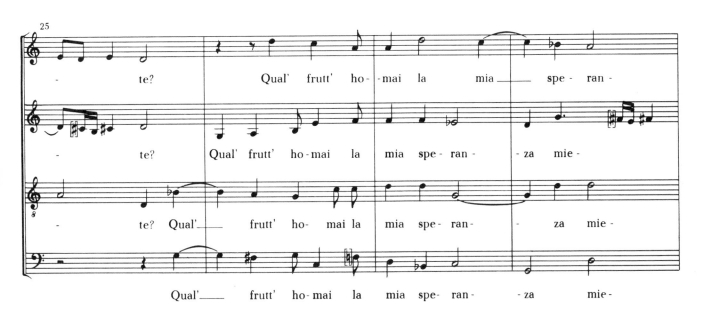

9. Non piango già

Seconda parte

som - mi_ho - no - - - ri Chia-ma - - to_il ciel, ___ ma pian - go il

-no - ri Chia-ma - - to_il ciel, ___ ma pian - go il co-mun dan -

-ri Chia-ma - to_il ciel, ma pian - go il co-mun dan -

-ri Chia-ma - - to_il ciel, ma pian - go il co-mun dan - no,

___ co - mun dan - no ___ Las - - so_e via più ___

-no, ma pian - go il co-mun dan - - - -no Las-

-no, ma pian - go il co-mun dan - - -no Las- so_e

ma pian - go il co- -mun dan - - no Las- so_e

___ che voi ve-derm' è tol- to, che voi ve-derm' è

- so_e via più che voi ve-derm' è tol- to, che

via più che voi ve-derm' è tol - to, che voi ve-derm' è tol-

via più che voi ve-derm' è tol- to, che voi ve-derm'è

10. In un boschetto novo

11. Chiara fontana

12. Dunque debb'io lontan

Al Magnifico Signor Luca Giustiniano

Prima parte

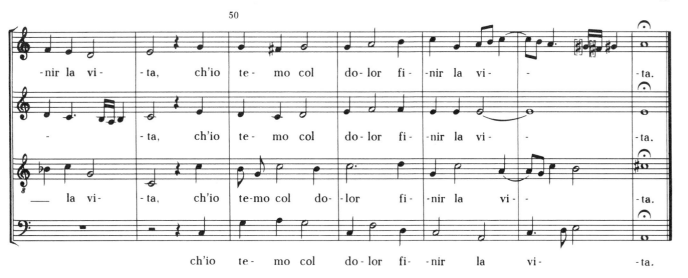

13. Deh, lascia hormai

Seconda parte

46

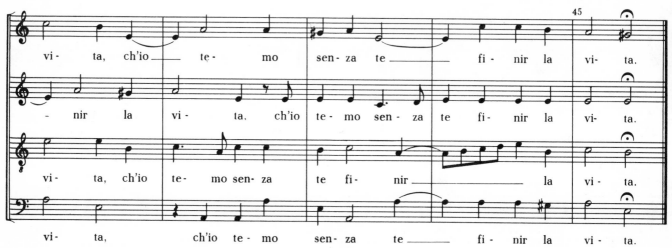

14. Se 'l pensar di partire

5
— pen- sar di par- -ti- re Mi con- du-ce a mo- ri- -
— pen- sar di par- -ti- re Mi — con- du- ce a mo- -ri- re,
Se'l pen- sar di par- ti- re Mi con- du- -ce a mo- ri-
di par- ti- re Mi con-du- ce a — mo-ri- re, Mi con- du- ce a mo-
10
-re, Co- - me vi - vrò lon- -tan da voi, mia vi- ta,
Co- me vi- -vrò lon- tan da voi, mia vi- ta, da voi mia vi-
-re, Co- me vi- -vrò lon- tan da — voi, mia vi- -
-ri- re, Co- - me vi - vrò lon- -tan da voi, mia vi - ta, da voi, mia
15
da voi, mia vi- -ta, [da voi, mia vi- -ta,] da
-ta, da vo- - i, mia vi- ta, da voi, mia vi-
-ta, da voi, mia vi- ta, [da voi, mia vi- ta,]
vi- ta, [da voi, mia vi- -ta,]

15. Donna, a cui molte

Madrigale Arioso

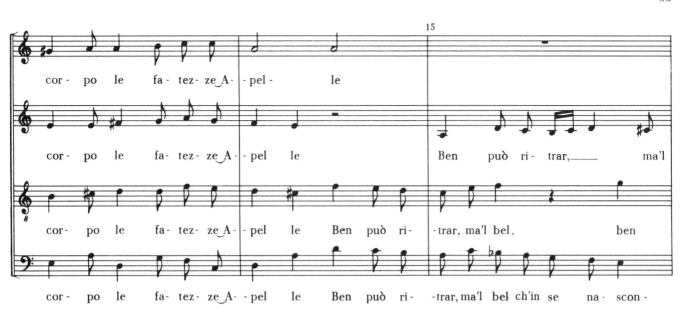

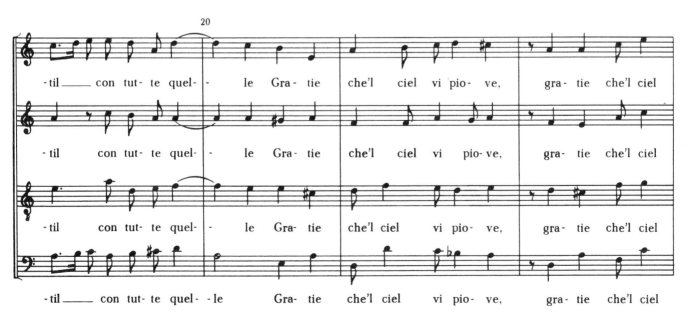

16. Se 'l dolce sguardo

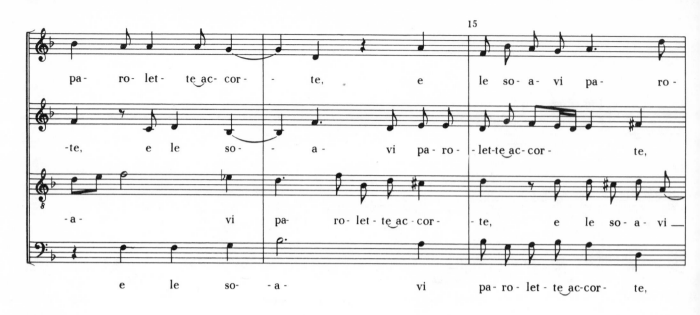

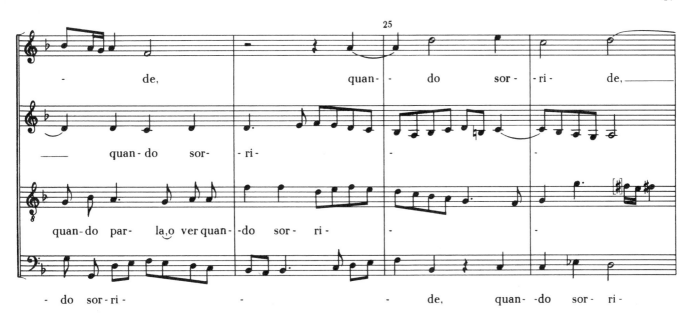

de,   quan - do sor - ri - de,

_____ quan - do sor - ri -   -

quan - do par - la, o ver quan - do sor - ri -   -   -

- do sor - ri -   -   - de, quan - do sor - ri -

_____ Las - - so!, che fia,   se for - se el - la di - - vi -

- de,   Las - so!, che fia,   se for - se el - la di - vi -

- de,   Las - - so!, che fia, _____ se for - se el - - la di - vi -

- de, Las - so!, _____ che fia, se for - se el - la _____ di - vi - - de,

- de, O per _____ mia col - - pa   o per

- de, O _____ per mia col - - pa, o per mal - - va - gia sor - te, o per

- de,   O per _____ mia col - - pa o per mal - - va - gia sor - te, o per

O   per mia col - - pa o per mal - - va - gia sor - te,

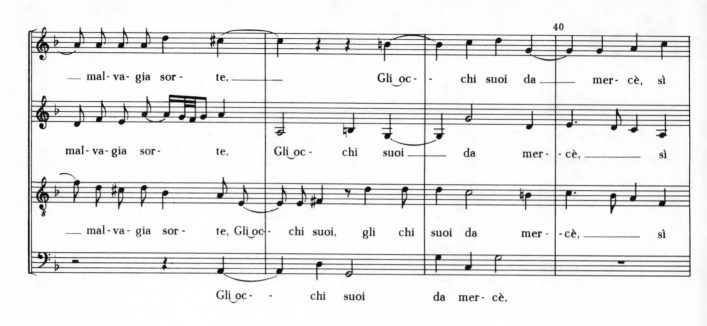

17. Però s'io tremo

Seconda parte

18. La crudeltà

Prima parte

19. Par ben che sia pietà

70

da poi si pian - ge, da poi si pian - ge e si so - spi -
da poi si pian - ge, da poi si pian - ge e si so - spi - ra,
da poi si pian - ge, da poi si pian - ge e si so - spi -
da poi si pian - ge, da poi si pian - ge e si so -

- ra, so - spi - ra, si pian - ge e si so - spi - ra.
so - spi - ra, si pian - ge e si so - spi - ra.
- ra, so - spi - ra, da poi si pian - ge e si so - spi - ra, so - spi - ra.
- spi - ra, so - spi - ra, da poi si pian - ge e si so - spi - ra.

20. Hor che 'l ciel e la terra

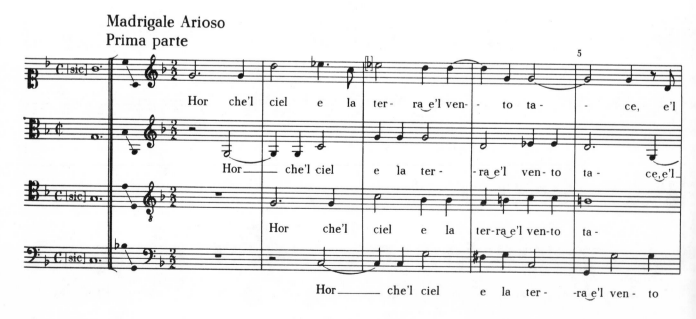

Madrigale Arioso
Prima parte

Hor che'l ciel e la ter - ra e'l ven - to ta - ce, e'l
Hor che'l ciel e la ter - ra e'l ven - to ta - ce e'l
Hor che'l ciel e la ter-ra e'l ven-to ta -
Hor che'l ciel e la ter - ra e'l ven - to

21. Così sol d'una chiara

22. Dolce foco d'Amor

Madrigale Arioso

Tan-to più ne rin-gra-tio'l ciel e A-mo- re. An- zi be- -ni-gna al' hor

Tan-to più ne rin-gra-tio'l ciel e A-mo- re. An- zi be- -ni gna al' hor

Tan-to più ne rin-gra- tio'l ciel e A - mo- re. An- zi be- -ni-gna al' hor

Tan-to più ne rin-gra- tio'l ciel e A - mo- re. An- zi be- -ni-gna al' hor

— chia- mo mia sor- te Quan- do mi veg-gio più press' al - la mor- te,

— chia- mo mia sor- te Quan- do mi veg-gio più press' al - la mor- te,

chia- mo mia sor - te Quan- do mi veg-gio più press' al - la mor- te,

— chia- mo mia sor - te

[quan- do mi veg- gio più press' al - la mor- -te.]

[quan- do mi veg- gio più press' al - la mor- - te.]

[quan- do mi veg- gio più press' al - la mor- te.]

Quan- do mi veg- gio più press' al - la mor- -te.

23. Mentre che 'l cor

Prima parte

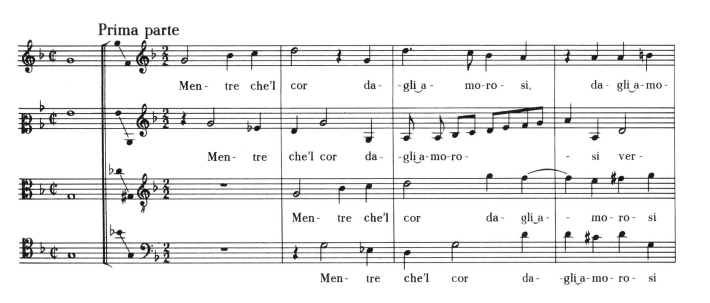

Men- tre che'l cor da- -gli a- mo-ro- si, da- gli a-mo-

Men- tre che'l cor da- -gli a-mo-ro- -si ver-

Men- tre che'l cor da- gli a- -mo- ro- si

Men- tre che'l cor da- -gli a-mo- ro- si

-ro- si ver- mi, [da- gli a- mo- -ro- si ver- -mi] Fu

-mi, da- -gli a-mo- ro- si ver- -mi Fu con-su-

ver- mi, da- gli a-mo- -ro si ver- - -mi Fu

ver- -mi, da- gli a- mo- ro- si ver- -mi Fu con-su-ma-

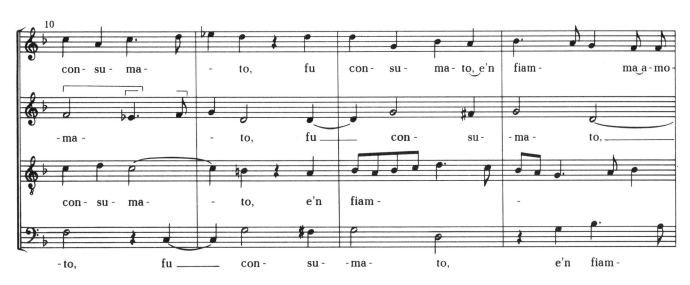

con- su- ma- -to, fu con- su- ma- to, e'n fiam- ma a-mo-

-ma- -to, fu con- su- -ma- to,

con- su- ma- -to, e'n fiam-

-to, fu con- su- -ma- to, e'n fiam-

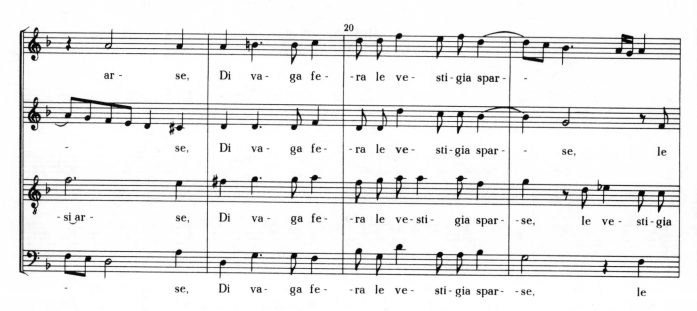

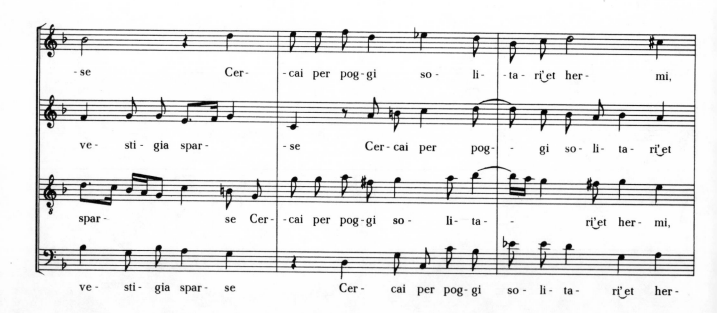

no- vi, a i pen- -sier no- vi e'n-fer - -mi.

- mi, in quel-la e- ta- te a i pen- sier no- -vi e'n- fer -mi.

- mi, a i pen- -sier no- vi e'n-fer - -mi.

-fer - mi, a i pen- sier no- vi e'n-fer - -mi.

24. Quel foco è morto

Seconda parte

Quel fo- co è mor- to, e'l co- pre un pic-ciol mar-

Quel fo- co è mor-to, e'l co-pre un pic-ciol mar-

Quel fo- co è mor- to, e'l co-pre un pic-ciol mar-

Quel fo- co è mor- to, e'l co-pre un pic-ciol mar-

-mo: Che se col tem-po fos-si i to a- van-zan- -do,

-mo: Che se col tem-po fos- - si i to a- van- -zan- do, che se

- mo: Che se col tem- po fos-si i- - to a-van-zan-

-mo: Che se col tem-po fos- - si i to a- van-zan- do, che se

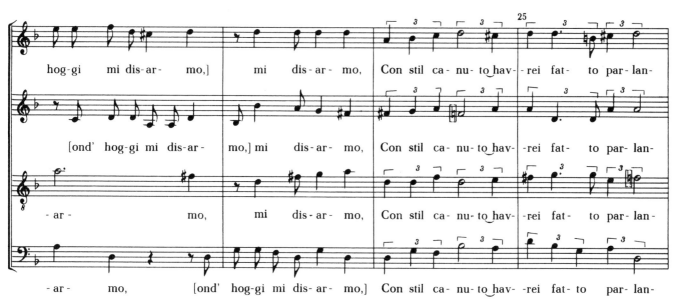

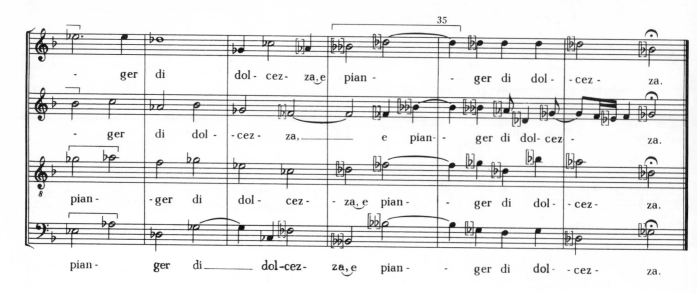

25. Pace non trovo

Madrigale Arioso
Prima parte

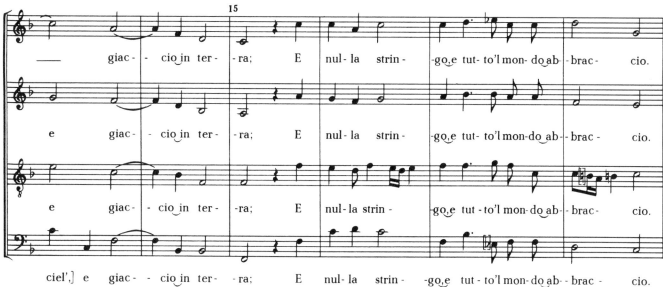

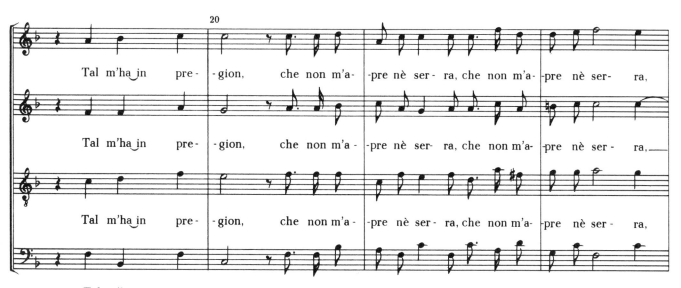

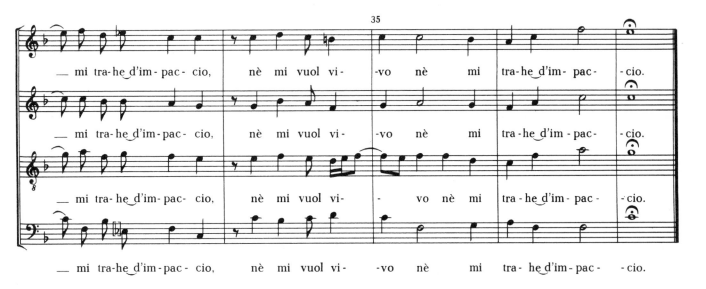

26. Veggio senza occhi

-ta; Et ho in o - dio me stes - so, me stes - so et a - mo al-tru - i, et a - mo al-

-ta; Et ho in o - dio me stes - so, me stes - so et a - mo al-tru - i, et a - mo al-

-ta; Et ho in o - - dio me stes - so, me stes-so et a-mo al-tru - - i, et a - mo al-

-ta; Et ho in o - -dio me stes - so, me stes - so et a-mo al-tru - i, et a - mo al-

-tru - i. Pas - co-mi di do - -lor, pian-gen - - do, _____ pian-

-tru - i. Pas - co-mi _____ di do - -lor, pian-gen - - do, pian -gen- do

- tru - i. Pas - co-mi di _____ do- -lor, pian- -gen- do, pian- gen-

- tru - i. Pas- co-mi di do - -lor, pian- -gen- do, pian- gen-

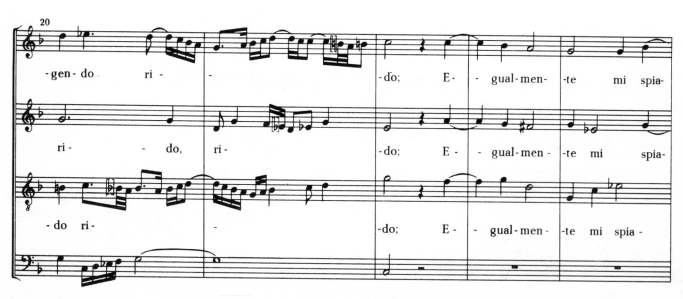

-gen- do ri - - -do; E- -gual-men- -te mi spia-

ri - - do, ri - -do; E - gual-men- -te mi spia-

- do ri - - -do; E - gual-men - -te mi spia-

- do ri - - - do;

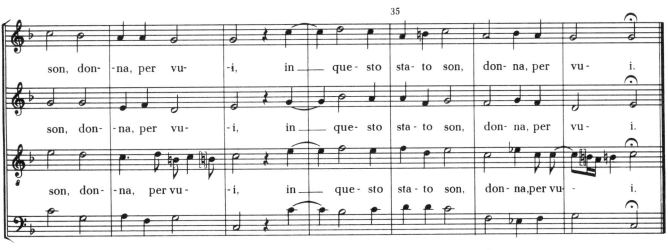

27. Amor, che meco

28. O vaghi habitator

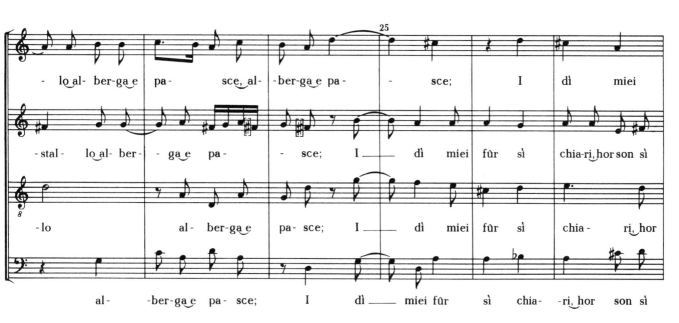

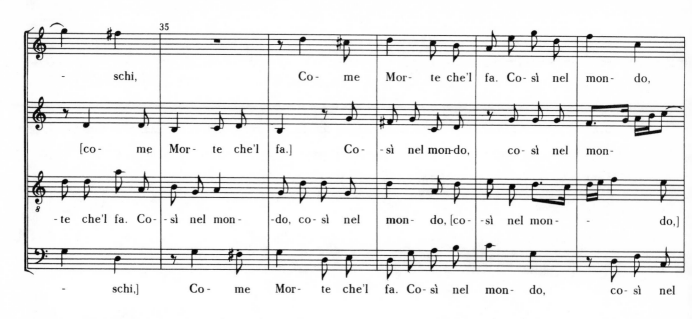

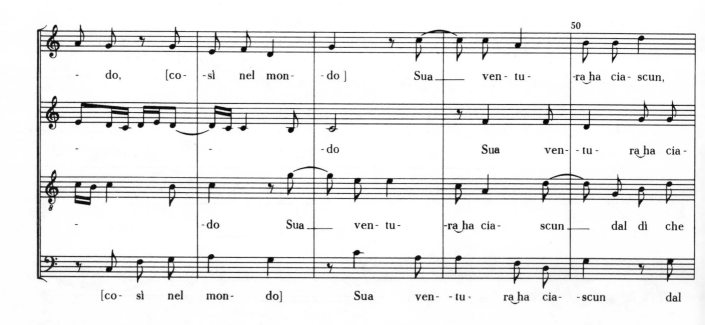

29. Con lei fuss'io

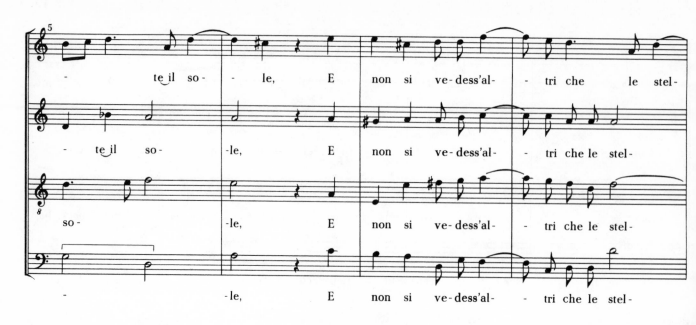

-no Ch'A- pol- lo la se- guia qua giù per ter - ra! Ma io sa- rò

-no Ch'A- pol- lo la se- guia qua giù per ter - ra! Ma io sa- rò

-no Ch'A- pol- lo la se- guia qua giù per ter - - ra! Ma io sa- rò

-no Ch'A- pol- lo la se- guia qua giù per ter - ra! Ma io sa- rò

sot- ter- ra in sec-ca sel- va, ma io sa- rò sot-ter- ra in sec-ca sel- va, E'l gior-no an-

sot- ter- ra in sec-ca sel- va, ma io sa- rò sot-ter- ra in sec-ca sel- va, E'l gior-no an-

sot- ter- ra in sec-ca sel- va, ma io sa- rò sot-ter- ra in sec-ca sel- va, E'l gior- no an-

sot- ter- ra in sec-ca sel- va, ma io sa- rò sot-ter- ra in sec-ca sel- va, E'l gior-no an-

-drà pien di mi-nu- te stel- le, e'l gior- -no an- drà pien di mi- -nu- te stel- le,

-drà pien di mi-nu- te stel- le, e'l gior- -no an- drà pien di mi- -nu- te stel- le,

-drà pien di mi-nu- te stel- - le, e'l gior- -no an- drà pien di mi- -nu- te stel- le,

-drà pien di mi-nu- te stel- le, e'l gior- -no an- drà pien di mi- nu- te stel-le,

30. Tra quantunque leggiadre

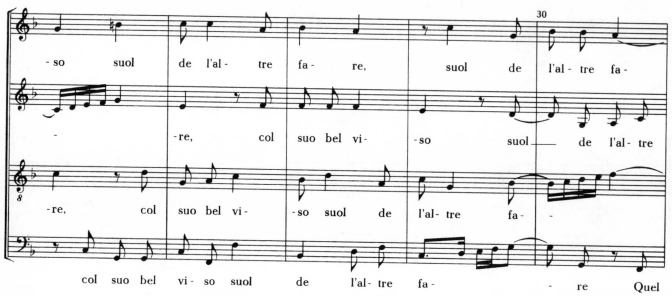

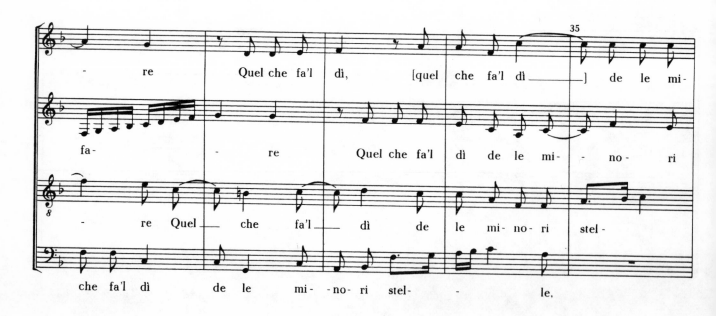

-no- ri stel- -le. A- mor par ch'a l'o-

stel- -le. A- -mor par ch'a l'o- rec- chie mi fa- vel-

-le. A- -mor par ch'a l'o- -rec- chie mi fa- vel- -le, A-

de le mi- -no- ri stel- -le. A- -mor par ch'a l'o- -rec- chie mi fa-

-rec- chie mi fa- vel- -le, A- -mor par ch'a l'o- rec- chie

-le, A- mor par ch'a l'o- rec- -chie mi fa- -vel-

-mor par ch'a l'o- -rec- -chie mi fa- -vel- le, par ch'a l'o-

-vel- le, par ch'a l'o- rec- chie mi fa- vel- -le, par ch'a l'o-

mi fa- vel- -le, mi fa- vel- -le, mi fa- -vel-

-le, par ch'a l'o- rec- -chie mi fa- -vel- -

-rec- chie mi fa- -vel- -le, mi fa- vel- -

-rec- chie mi fa- -vel- le, mi fa- vel- -

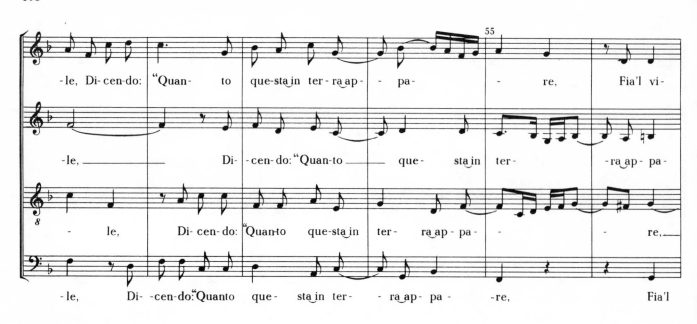

-le, Di-cen-do: "Quan- to que-sta in ter-ra ap- pa - re, Fia'l vi-

-le, _____ Di- cen- do: "Quan-to _____ que- sta in ter- -ra ap-pa-

- le, Di- cen-do: "Quanto que-sta in ter- ra ap-pa - - re, _____

-le, Di- cen-do: "Quanto que- sta in ter- -ra ap-pa - -re, Fia'l

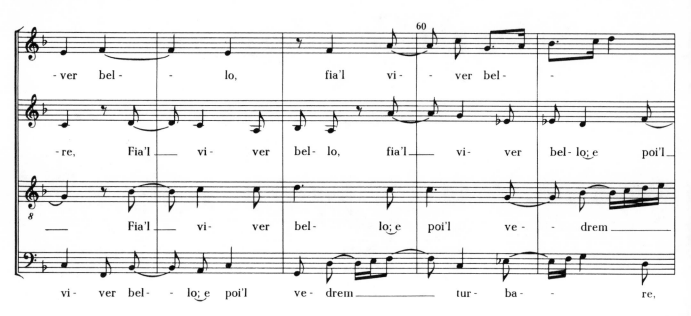

-ver bel - - lo, fia'l vi - - ver bel - -

-re, Fia'l _____ vi - ver bel- lo, fia'l _____ vi - ver bel- lo; e poi'l

_____ Fia'l _____ vi - ver bel - lo; e poi'l ve - drem _____

vi - ver bel- - lo; e poi'l ve - drem _____ tur - ba - - re,

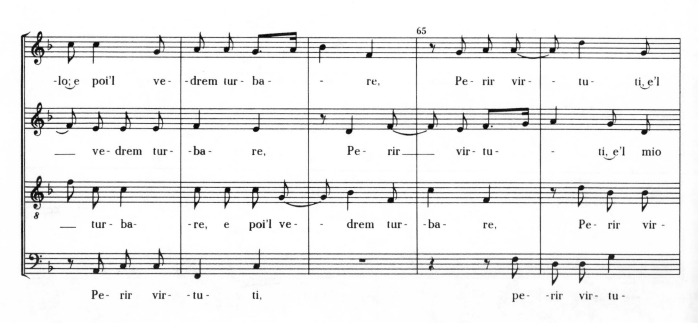

-lo; e poi'l ve -drem tur- ba - - re, Pe- rir vir - tu - ti, e'l

_____ ve- drem tur- -ba - re, Pe - rir _____ vir- tu- - ti, e'l mio

_____ tur- ba- - re, e poi'l ve- - drem tur- -ba - re, Pe- rir vir-

Pe- rir vir- -tu- ti, pe- rir vir- tu-

mio re- gno con el- - le, e'l mio re- gno con el- - le.

re- gno con el- - le, e'l mio re- -gno con el- - le.

-tu- ti,e'l mio re- gno con el- le, e'l mio re- gno con el- - le.

-ti,e'l mio re- - gno con el- le, e'l mio re- gno con el- - le.

31. Come natura al ciel

Seconda parte

Co- me na- -tu- ra,al ciel la lu- - na,e'l so- -le, co- me

Co- me na- tu- ra,al ciel la lu-na,e'l so- le,

Co- me na- -tu- ra,al ciel la lu- - na,e'l so- -le, co-

— na- tu- ra,al ciel la lu- - na,e'l so- le, A l'ae- re,i

— co- me na- -tu- - ra,al ciel la lu- na,e'l so- A

-me na- tu- ra,al ciel la lu- - na,el so- - le, A

A l'ae- - re,i vèn-

110

112

32. Quando mi viene inanzi

33. Fuggendo la pregione

120

[quel ch'a   lui   par -   ve,]

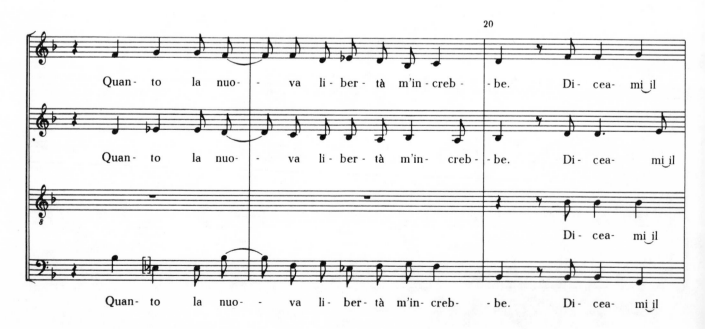

cor che per sè non sa-preb- - -be, che

cor che per sè non sa - preb- -be, che per

cor che per sè non sa-preb- -be, che per sè non sa-

cor che per sè non sa-preb- be, che per sè non sa - preb- be,

— per sè non sa- -preb- -be Vi - ver un gior - no;

sè non sa-preb- be Vi - ver un gior -

-preb- be Vi - ver un gior- -no;e poi tra via m'ap-

Vi - ver un gior- - no; e poi tra via m'ap-

e poi tra via m'ap-par- -ve Quel tra - di - to-re in sì men - ti - te lar-

-no;e poi tra via m'ap-par- -ve Quel tra - di - to - re in sì men - ti - te lar-

- par- - ve Quel tra - di - to - re in sì men-ti - te lar-

- par- - - ve

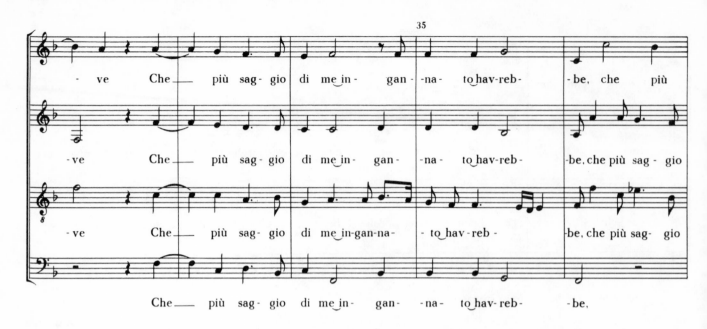

34. Lasso!, che mal accorto fui

35. O crudelis Alexi

Versi di Vergilio

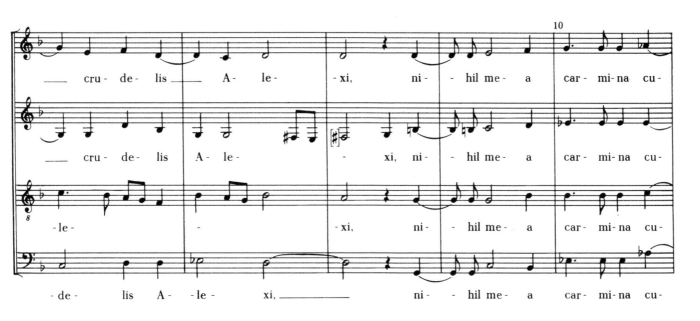

cru - de - lis _____ A - le - xi, ni - - hil me - a car - mi - na cu-

cru - de - lis A - le - - xi, ni - - hil me - a car - mi - na cu-

-le - - xi, ni - - hil me - a car - mi - na cu-

-de - lis A - -le - xi, _____ ni - hil me - a car - mi - na cu-

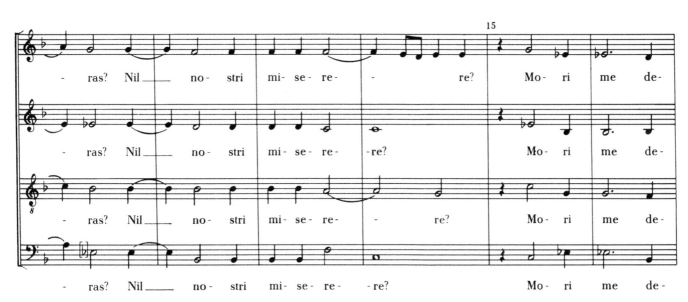

- ras? Nil _____ no - stri mi - se - re - - re? Mo - ri me de-

- ras? Nil _____ no - stri mi - se - re - -re? Mo - ri me de-

- ras? Nil _____ no - stri mi - se - re - re? Mo - ri me de-

- ras? Nil _____ no - stri mi - se - re - -re? Mo - ri me de-

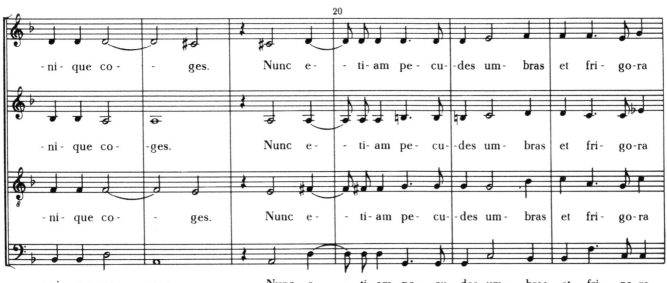

-ni - que co - - ges. Nunc e - - ti - am pe - cu - -des um - bras et fri - go - ra

-ni - que co - -ges. Nunc e - - ti - am pe - cu - -des um - bras et fri - go - ra

-ni - que co - ges. Nunc e - - ti - am pe - cu - -des um - bras et fri - go - ra

-ni - que co - -ges. Nunc e - - ti - am pe - cu - -des um - bras et fri - go - ra

128

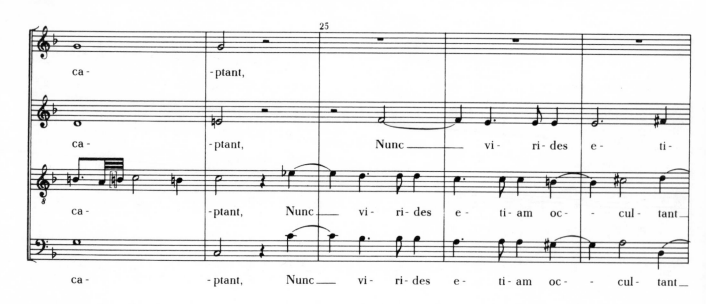

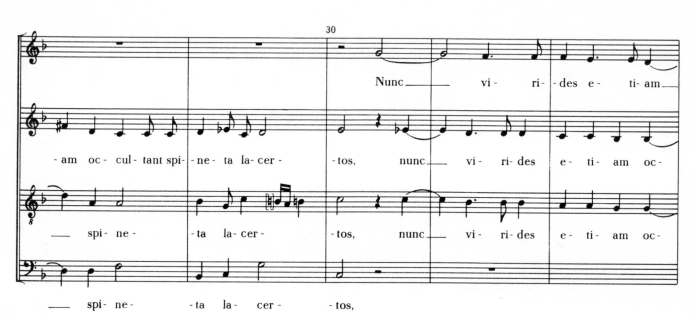

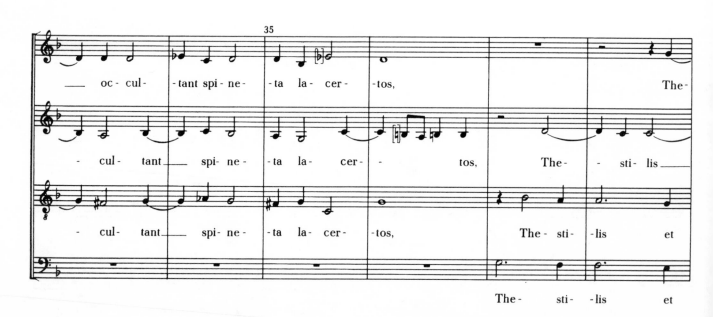

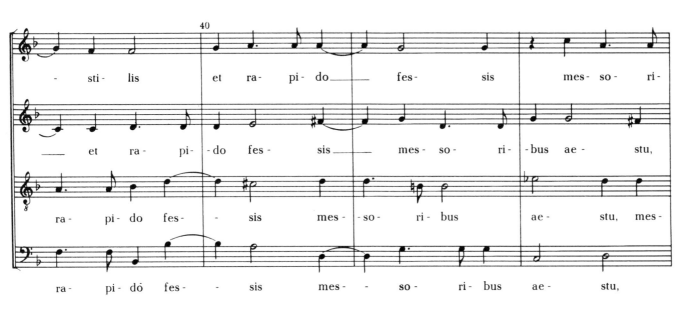

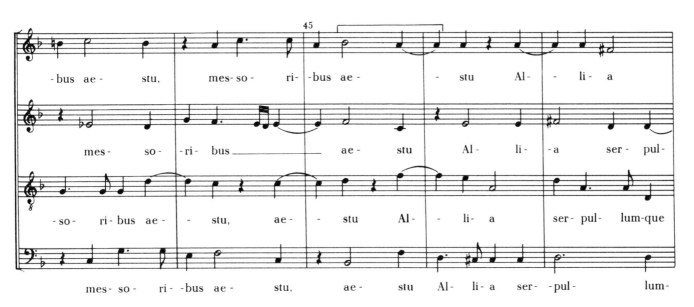

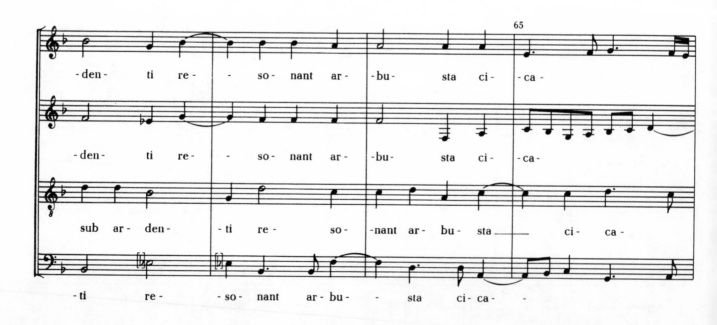

36. Nonne fuit satius

132

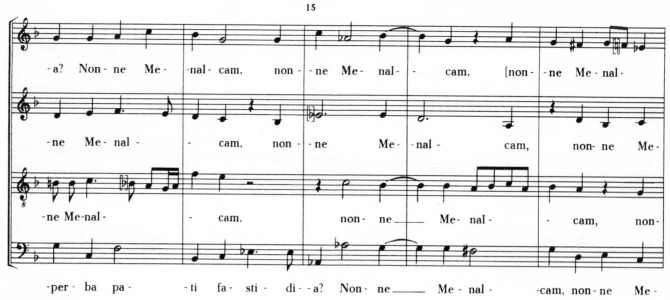

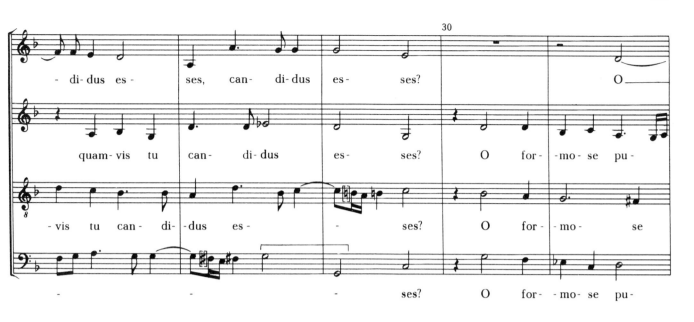

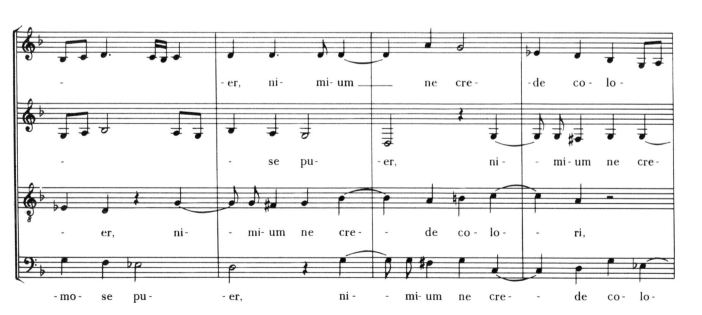

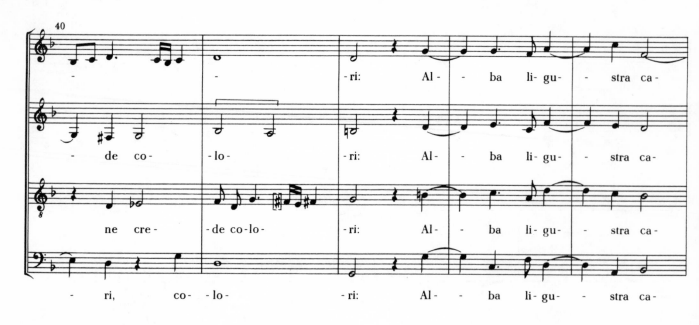